小盈最喜欢花了。
"要是花园里开满花该多好啊！"
她正想撒下从家里带来的种子……

大家开心，我也开心

〔日〕新泽俊彦/著
〔日〕大岛妙子/绘
秦 岚/译

笑嘻嘻幼儿园

兔笼

笑嘻嘻 幼儿园

GUANGXI NORMAL UNIVERSITY PRESS
广西师范大学出版社
·桂林·

小智在花园里搓泥球。
"喂！我要在这里种花！"
"不行！不行！你去那边！"

"那边不行！在这里种最好！你去那边！"

"不行！不行！在这里搓泥球最好了！你去那边！"

"等等！"
小桃跑了过来。

"我有一个好主意！
用小智的泥球给小盈做个花坛怎么样？
等到花坛里开满了花，大家一定很开心。"
"嗯嗯！这主意好像不错呢！"
"能让大家开心，我也开心！"

小智一下子就做了好多个泥球，
摆出一个乌龟形状的花坛。
小盈在花坛里撒下种子。

小智、小盈、小桃每天都跑来浇水。
于是……

"哇！发芽了！"
小贺、莎莎、小军、小核桃也来了。
"哇，真的发芽了！"
"太开心啦！"
"真的哟！"
大家都很开心！

芽儿沐浴着阳光，
汲取水分，
渐渐长大了。
大家开心极了，
心里都乐开了花。

一天，花坛里开满了花。
"开出了满满的好心情呢。"
小桃说。

小乌龟看起来也很开心。
大家都开心得不得了。

这天正好是小贺的生日。
"一起来开生日派对吧！"
小盈做了个花冠，戴在小贺头上。
小桃扎了一小把花送给小贺。
小智把花瓣撒向天空。

"小贺，祝你生日快乐！"
"小贺好开心啊！"
大家也特别开心。

祝小贺生日快乐！

"哇，谢谢你们！
我也想做让大家开心的事。
想到了！我会做点心。
我给大家做个超级大松饼吧！"

"哇！好大的松饼！"
大家都好开心！

"我吃了好多，
肚子饱饱的！
感觉精神多了！"
吃得最多的莎莎说。

"我也想做让大家开心的事！
有了！
我在院子里挖个泥坑，
让大家尽情玩耍。"

莎莎拿来一把大铲子，
嘿哟嘿哟地用力挖土。
"莎莎像只小鼹鼠！"
大家一起来帮忙。

很快，就挖出了一个大泥坑。
用水管放满水，
就成了"泥坑游泳池"。

"哇——"
大家跳了进去，
浑身沾满泥水，
咯咯地笑着。
大家都好开心啊！

小核桃第一个变成了小泥人。
"哇！好开心！"

"我也想做让大家开心的事！
想到了！我最擅长洗东西了。
我给大家洗衣服吧！"

小核桃哗啦啦地洗起衣服来。
不一会儿，
大家的衣服变得干干净净。

衣服像一面面旗子随风飘扬。

到处弥漫着肥皂的清香。
大家都开心极了！

小军说："我喜欢这种味道！"

"我也想做让大家开心的事！
有什么事既能让自己开心，
又能让大家开心呢？"

小盈说："那你给大家唱首歌吧！"
小智也跟着说："我们最喜欢听你唱歌了！"
大家都跑过来为小军鼓掌。

"咳咳咳！那我开始唱了！
我要唱的是《大家开心，我也开心》。"

♪ 把我的开心带给你，
把你的开心带给大家。
让世界绽放开心的花朵！
让世界充满愉快的歌声！

♪ 把好心情带给你，带给我，
连成一道欢乐的彩虹！
让欢乐的彩虹把世界包围，
让美好的梦想充满世界！

小军唱完歌，害羞地笑了。
每个人心中都充满了快乐！

ひかりのくに

大家开心，我也开心

Dajia Kaixin Wo Ye Kaixin

出版统筹：伍丽云
质量总监：孙才真
策划编辑：柳　漾
责任编辑：窦兆娜
责任美编：唐明月
责任技编：郭　鹏

图书在版编目（CIP）数据

大家开心，我也开心／（日）新泽俊彦著；（日）大
岛妙子绘；秦岚译 . -- 桂林：广西师范大学出版社，2023.1
（魔法象 . 图画书王国）

ISBN 978-7-5598-5498-8

Ⅰ . ①大… Ⅱ . ①新… ②大… ③秦… Ⅲ . ①儿童故
事 – 图画故事 – 日本 – 现代 Ⅳ . ① I313.85

中国版本图书馆 CIP 数据核字（2022）第 192080 号

广西师范大学出版社出版发行

（广西桂林市五里店路 9 号　邮政编码：541004）
网址：http://www.bbtpress.com

出版人：黄轩庄

全国新华书店经销

北京博海升彩色印刷有限公司印刷

（北京市通州区中关村科技园通州园金桥科技产业基地环宇路 6 号　邮政编码：100076）

开本：889 mm × 1 090 mm　1/16

印张：2.5　字数：28 千

2023 年 1 月第 1 版　2023 年 1 月第 1 次印刷

定价：42.80 元

如发现印装质量问题，影响阅读，请与出版社发行部门联系调换。